너의 무늬

너의 무늬

2024년 12월 15일 초판 1쇄 발행
시와 사진 박예분 **편집** 우현옥 **디자인** 김헌기
펴낸이 우현옥 **펴낸곳** 책고래 **등록 번호** 제2015-000156호
주소 서울특별시 서초구 강남대로12길 23-4, 301호(양재동, 동방빌딩)
대표전화 02-6083-9232(관리부) 02-6083-9234(편집부)
홈페이지 www.dreamingkite.com / www.bookgorae.com
전자우편 dk@dreamingkite.com
ISBN 979-11-6502-199-3 43810

© 박예분 2024년

청 소 년 　 디 카 시 집

박예분

책고래

차례

1부 너의 무늬

2부 빵꽃

3부 빨간 날

4부 숨구멍

시인의 말

일상의 새로운 발견
'숨'을 트여 주는 디카시의 매력

나는 사진 찍는 걸 좋아합니다. 동네 골목길을 걷거나 버스를 기다리거나 새벽 운동을 다닐 때 항상 핸드폰을 손에 쥐고 다닙니다. 눈에 쏙 들어오는 사물이나 자연을 만나면 그냥 지나치지 않습니다. 그것들은 내 마음속에 잔잔한 파동을 일으키기 때문에 한 치의 망설임 없이 핸드폰 카메라를 열고 지그시 대상을 마주합니다. 카메라 프레임 안에 스며드는 대상의 빛을 줌인하며 희열을 느낍니다. 이것은 어쩌면 대상을 통해 내 마음속에 잠들어 있는 다양한 빛을 발견하는 일일지도 모릅니다.

이렇게 길을 걷다가 내 눈길을 끌어당기는 것이 아름다운 것만 있는 건 아닙니다. 세상에 존재하는 다양한 색과 형태와 분위기를 가진 온갖 사물입니다. 그들은 그냥 스쳐 가는 내 마음을 바짝 끌어당겨 자신의 이야기를 들려주고 싶어 합니다. 아니, 어쩌면 내가 그들의 세계로 다가가 바짝 귀를 기울이는 것인지도 모르겠습니다. 그 순간 나는 그들의 사소하거나 소중한 이야기들을 가슴에 담아 내는 감흥을 즐깁니다.

길가에 널브러진 자전거와 연못에서 막 피어나는 꽃봉오리, 날마다 제 몸에 안부를 새기던 그루터기와 새 길을 내느라 허공을 가르는 갈매기, 땅속에서 변태를 꿈꾸는 매미와 그늘진 가슴에 꽃을 피우는 민들레, 팡팡 웃음꽃 터트리는 꽃들의 봄 소풍과 내일을 향해 달려가는 긴 터널, 어디에 피든 반짝반짝 빛나는 괭이밥꽃과 종일 고양이 밥만 노리는 비둘기, 고구마처럼 달고 팍팍한 자식 농사와 할머니의 곶감 통장, 빨래집게에 힘을 보태는 고추잠자리와 늘어지게 휴가를 즐기는 포클레인, CCTV 위에 둥지를 튼 제비집 등 누군가의 가슴에 구멍 튜브가 되어 주는 우리들의 이야기입니다.

새끼줄처럼 이어 가는 세상의 이야기들을 만나는 순간 나는 이루 말할 수 없을 만큼 가슴이 뜁니다. 벌겋게 녹슨 대문과 쩍쩍 금이 간 담벼락과 버려진 운동화 속에서도 내 모습을 발견하기도 합니다. 이것들은 다소 지루하거나 별 볼 일 없는 일상의 반복 속에서 발견한 새로움이기에 더 의미와 가치가 있습니다. 나는 그들이 건네주는 사소하거나 일상 너머의 이야기들을 혼자 상상하며 배시시 미소를 짓습니다.

나는 오래된 동네 골목길을 빙빙 돌며 작고 소외된 것들을 발견합니다. 자연스럽게 사부작사부작 걷다가 눈길을 확 잡 아끄는 사물이나 자연을 만나면 습관처럼 일단 걸음을 딱 멈 춥니다. 그때 일어나는 느낌과 생각, 감정의 변화를 바탕으로 대상에 대한 새로운 의미를 발견하는 기쁨을 가슴에 가득 안 고 돌아섭니다. 그러곤 핸드폰에 있는 사진을 노트북에 옮기 고, 새롭게 얻은 시적 감흥과 의미를 잘 정리하여 디카시를 완성합니다.

그동안 이렇게 써 놓은 씨앗들을 발아시켜 청소년 디카시 집《너의 무늬》를 세상에 내놓고 출생 신고를 합니다. 그냥 지 나쳤더라면 한 줄도 남지 않았을 것입니다. 디카시를 쓸 때마 다 시를 낳는 즐거움과 기록의 힘을 다시금 깨닫습니다. 핸드 폰을 가진 사람이라면 누구나 쉽게 디카시를 쓰는 시인이 될 수 있습니다. 디카시는 단순히 사진이나 영상을 설명하는 것 이 아니라, 대상이 지닌 원초적인 물성과 깊이와 그 이면의 것 을 발견하고 새로운 의미를 창조하는 일입니다. 거기에 압축 적인 언어로 한 편의 디카시를 노래하면 됩니다.

요즘 청소년들은 입시 제도에 끌려다니느라 학교, 학원, 공 부, 학습에 얽매여 하루하루 다소 건조한 일상을 보내고 있습니다. 청소년기에 겪는 성장통은 그들만이 지닌 삶의 무게이기에 버겁기도 하고 대놓고 토로할 곳도 없습니다. 아직 선명하지 않은 내일의 꿈과 가끔 불면증처럼 찾아오는 혼란스러운 시간을 감당하며 명확히 무엇을 어떻게 헤쳐 나갈지 몰라 쩔쩔매기도 합니다.

청소년 디카시집 《너의 무늬》를 통해 나는 디지털 시대를 살아가는 청소년들에게 잠시라도 '숨'을 트여 주고 싶었습니다. 청소년들이 주위에서 마주하는 자연과 사물들과 눈을 맞추며 '숨' 좀 쉬어 가는 건강한 시간을 가지면 좋겠습니다. 카메라를 통해 자신이 사는 동네와 지역에 대한 자긍심을 갖고, 어떤 사람들이 어떻게 움직이며 오늘을 이끌어 가고 있는지 자연스럽게 관심을 기울이는 일도 좋겠지요. 그 속에서 날마다 숨 쉬고 있는 진정한 자신의 모습을 마주할 수 있기를 바라면서 말이에요.

청소년 여러분을 즐거운 디카시의 세계로 초대합니다.

2024 풀벌레 소리 스며드는 날

– 평범한 어른 씀 –

1부

너의 무늬

너의 무늬

날마다

제 몸에 새긴

안부

감히

가늠할 수 없는

소통

너와 나,

마음 열고 다가갈 때

비로소 피어나는

언어의 꽃

초록 편지

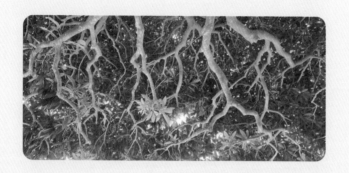

뿌리와 가지는

한 마음이라

거듭거듭 무성하게

펼쳐 나가는 초록 세상

감

세상을 바라보는

감(感)

떨어지기 전에

세워라

너의 더듬이

엽서

푸르디푸른

행성

한 폭

너와 함께

물들고 싶어 보낸다

딸기 폭탄

혼자 먹기엔

너무 많아

아프리카로 보내자

조준

발사!

ㄱ 꿈

작은 열매

하나하나

해를 품고

참 잘 익었다

터졌다

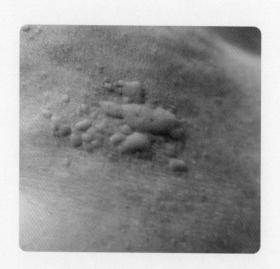

내 안에

소리 없는 아우성

팽팽한 갈등

드디어

터졌다

새봄

긴긴 기다림 끝에
달려왔어

너에게 맨 처음
보여 주고 싶어서

고맙다는 말

내가 날개를 펴면

너도 날개를 펴고

내가 날개를 접으면

너도 날개를 접는 친구야!

늘 내 곁에 있어 줘서 고마워

네 맘이야

오늘, 힘들면
쉬어 가도 돼

내일, 힘차게
달리면 되지 뭐

긴 터널

잠잠히

달려가는 중이야

우리의

눈부신

내일을 향해

꽃불

누군가를 사랑하는 것은

제 심장에 불을 놓는 일이다

활- 활

타들어 가는 줄 모르고

꽃불을 놓는다

폭식

캣맘이 놓아 주는

고양이 밥그릇만 노리는 녀석들

먹고 또 먹고

똥만

찍찍

골목길

그늘진 가슴에도

꽃 한 송이

환하게 피웠습니다

봄이잖아요!

누굴 기다리시나요?

허리 돌려

묵묵히

머언 길

내다보시는

우리 할아버지

봄소풍

간지러워

간지러워

더는 참을 수 없어

팡! 팡! 팡!

배꼽 웃음 터트립니다

몽돌 해변

벼락처럼 달려와

거품 물고 쓰러지는 파도

솨르르 솨르르

끌어안고 다독이느라

제 몸 닳는 줄 모른다

꽃길

나비 한 마리

살포시 앉았다 금세 날아간다

혹시

하늘나라로 간

네가 아닐까

가족 여행

한솥밥 먹으며

참고 이겨 낸 시간들

한 자리에 모여

너울너울 춤춘다

웃음꽃 피운다

선택

유혹하지 마!

절대로

뒤돌아보지 않을 거야

팔딱팔딱 헤엄치는

바다 새우 아니잖아

우후죽순

자고 나면
쑥쑥 치솟는 밥상 물가

쑥쑥 붉어지는
엄마의 한숨 소리

저공비행

눈 앞에서

뱅뱅 도는

네 마음

도무지 알 수 없는

심장 폭격기

말년

평생

바람 소리만 품고 살아온

텅 빈 속 마디마디

미련 없이 잘라 내고

이제 좀 쉽니다

등불 켜다

올해도

어김없이 주렁주렁

환하게 등불 밝힙니다

그대들의 간절한

꿈을 위하여

2부

빵꽃

어디에 피어도

너는 빛난다

별처럼 반짝반짝

틈새 비집고 나와

사랑스럽게 웃는

얼굴 얼굴들

너의 길

바닥을 박차고

날아오르는

기운찬 날갯짓 소리

허공을 가르는

너의 길, 응원할게

따스한 위로

학교에서 학원으로

동동거리던 발가락

부드럽게

어루만져 주는

모래 알갱이들

부케

튼실한 믿음의 줄기

소망과 사랑으로

축복의 꽃다발 피웠습니다

오늘의 신부에게 드립니다

짐작만 했다

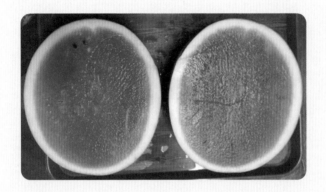

기어코

두 쪽 나고서야

가만히 들여다본다

시뻘겋게 탄

네 마음

창을 내다

너에게

가닿을 수 없는 곳

살며시 가슴 열어

말간 하늘

한 조각 들이는 날

함성

거침없이 일어서는

푸른 깃발들

쏟아지는 햇발 사이로

우우우 우우우

다 함께 소리 질러!

나무의 길

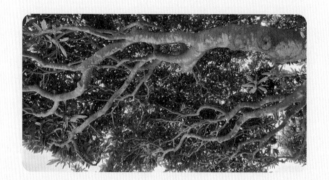

위로는 뻗을 수 없어

옆으로 옆으로

나아가며

제 길 찾아가는

가지 가지들

펜트하우스

솜사탕처럼 달달한

까치네 둥지

아슬아슬 스릴 만점

곧 재개발 들어갑니다

놀러 오세요, 환영!

희망이네

우리는

오늘도 내일도

영원히 행복하길

바람

바람

낚이는 법

물살에 살랑대는

화려한 미끼 덥석!

순간,

인생이 통째로

낚입니다

봄봄

먼 길

돌고 돌아오길 참 잘했다

웅크렸던 마음들

한데 모여

활짝 기지개 켜는 봄봄

가시 언어

걱정하지 마

무턱대고

함부로 찌르지 않을 거야

내 몸에 박힌

최선의 방어일 뿐

출생 신고

부화기에서 태어났어요

아직 머리털도 마르지 않은

갓난 오리입니다

사랑 듬뿍 받으며 삐악삐악

건강하게 자랄 거예요

초상권

내 얼굴

아무 데나 사용하면 안돼요

꼭, 박예분 작가

디카시에만 올려 주세요

약속!

내 이름은 조각자

세상에 처음 나올 땐

나도 보드라운 연초록이었지

어쩌다 보니 이곳까지 흘러와

나도 모르게

억세고 날카로워졌지

노을

종일 세상 곳곳

환히 밝히고

남은 빛

마저 아낌없이

풀어놓는 중입니다

빨간 집게

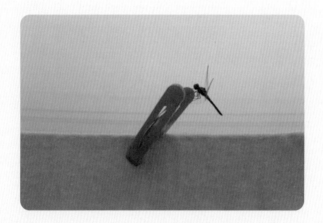

한 번 물면

센바람이 불어도 놓지 않아

초록은 동색이라

날아와 힘을 보태는

고추잠자리 친구

엄마 오리

얘들아, 걱정 말고
즐겁게 놀아라

언제 어디서나
곁에서 조용히 지켜 주는
든든한 엄마 오리

너, 참 곱다

진흙 속에서
이제 막 피어나는
청춘이여!

너, 참 곱다

언제든 연락해

난 항상

네 마음 응원하는

구명 튜브야

내 번호 알지?

절대 잊지 마!

빵꽃

사랑을 발효시켜

굽고 또 굽겠습니다

지구상에

배고픈 사람 없는

그날까지

아까시꽃 피면

초록 이파리

한잎 한잎 튕기며 놀던

친구들 다 어디로 갔나

살멋살멋 피어나는

오월의 향기

들판의 전사

내 몸은 내가 지킨다

믿을 건 자신 밖에 없어

오늘도 홀로 서서

가시 잎으로

중무장한 너

제발, 이제 그만

총성을 멈춰 주세요

해맑게 피는

아이들 웃음소리

예전처럼

너무너무 듣고 싶어요

3부

빨간 날

행복

고목나무가

가슴으로 낳은 애기똥풀입니다

노랑노랑 나비춤 추는

어린 자식들 재롱 보며

입 크게 벌려 웃네요

굴 가족

조각조각 한몸처럼

붙어 있던 살붙이들

전쟁통에 뿔뿔이 흩어지고

눈물의 씨앗만

남았습니다

묵묵부답

2014년 4월 16일

참담하게 침몰한 세월호

그 생생한 기억들 너머

실종된 진상 규명

외면과 회피가 낳은

쌍둥이

똑 닮은 다알리아

한날 한 뿌리에서

태어났지만

바라보는 길은

서로 다르다

숨바꼭질

풀숲에서

목 길게 빼고

기다리는 나

일부러 흰 옷 입었지

네가 바로 찾을 수 있게

화사한 봄날

제 향기에 흠뻑 취한

사과꽃 마냥 좋아서

하양하양 웃는

마알간 꽃잎

꽃잎들

수국 정착

좁은 화분에

이리저리 옮겨다니다

이제야

화단에 뿌리 내리고

입꼬리 쫙쫙 올라갑니다

나른한 오후

나란히 그네를 탄다

그림자도 꼭 붙어 앉아

설렁설렁

몸을 구르며

까맣게 몸을 태운다

봄이닷

노란 물감

콕콕콕 찍어 놓은 유채꽃밭

모처럼 봄나들이 따라온

마스크도

방긋방긋 웃는다

출근길

누렇게 익은 벼이삭

탈곡하러 갑니다

탈탈탈탈 탈탈탈

들녘으로

힘차게 달려갑니다

담쟁이가 사는 법

걷지 못하고

뛰지도 날지도 못하는 담쟁이

두려움 없이

높다란 벽 기어오르기는

일등입니다

경쾌한 유월

바이올린 연주 소리에

양귀비 수레국화 흔들흔들

숲의 나무들

초로록 초로록

물들어 갑니다

개명했다니까!

개양귀비꽃

어울리지 않은 내 이름

너무 듣기 싫어

나, 이름 바꿨어

꽃양귀비라 불러 주길

어버이날

낳으시고 길러 주신 은혜

감사한 마음 담아

아버지가 드리는 공로상

봉투 열어 보시고 허허허 웃는

할아버지와 할머니

칼의 눈물

한 번도 뽑지 않은 녹슨 칼

운동장에서 뛰어노는 아이들

가만히 내려다보며

이순신 장군과 함께 흘리는

평화의 눈물

눈맞춤

잠깐만요!

아이들이 방방 뛰어다녀요

천천히 천천히

아이들과 눈 맞추며

손 흔들어 주세요

족두리꽃

왕할머니 결혼하던 날

머리에 족두리 얹고

어여쁘게

어여쁘게

피었다지요

꽃물

너를 향한 내 마음

너만 볼 수 있게

곱게

붉게

물들이는 중이야

누구라도

나란히 앉아

가슴이 찰랑대는

물빛 같은 이야기

함께 나눠요

언제나 옆자리 비워 둘게요

동네 친구들

헤어지기 싫어

벚나무 가지에 둥지 틀고

오순도순

알콩달콩

다 같이 어울려 살아요

빨간 날

피기도 전에 떨어진

어린 생명들

툭

툭 툭

투 두둑 툭툭툭

하늘 걷기

늘 땅만 걷지 말고

가끔 거꾸로

두 다리 번쩍 들어올려

걸어 봐

가볍게 하늘 하늘

구하라

그리하면

주실 것이라는

그 말씀 믿고

공손히

두 손 모읍니다

오리 알 다섯 개

어미가

품지 않아

가져왔습니다

어찌할까요?

콩깍지

할아버지 어릴 적에는

방 하나에

대여섯 명이 자랐대요

비좁은 줄도 모르고

파릇파릇 잘 자랐대요

4부
숨구멍

꿈꾸는 부화기

엄마 오리가 되었습니다

35일 동안

정성껏 따뜻하게

무한한 사랑으로

품어 보겠습니다

또 시작이다

얘들아, 멀리 나가지 마라

엄마 잔소리
너무 재미없다고
아기 오리들 딴전 부리며
자기들끼리 두런두런

너도 고구마

각각 다른

고구마 고구마 고구마…

엄마 뱃속에서 나온

자식들 같아

나는 어떤 고구마일까

자식 농사

캄캄한 땅 속에서 나온

튼실한 자식들 바라보며

왕할아버지 합죽합죽 웃는다

기특해서

신기해서

밤송이 전략

뾰족뾰족 밤송이

성질머리 고약했던 건

자식들 야무지고 예쁘게

반질반질

키우느라 그랬단다

너의 울타리

바깥세상이 궁금해

틈만 나면

밖으로 나가고 싶어

호시탐탐 기회를 노린다

마음도 피고 지고

산골집 앞마당에

과꽃이 사랑스럽게 웃고

봉숭아 맨드라미 피고 질 때

자식들 기다리는

당신의 마음도 피고 집니다

곶감 통장

이웃집 할머니

병원 다녀올 때마다

곶감 빼먹듯 줄어드는

통장 잔액에

드문드문 한숨 소리 기운다

식구

적으나 많으나

끼니끼니

오순도순 다 같이

나눠 먹는 맛이

최고!

안전한 집

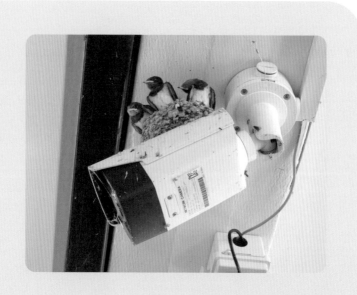

진안 시외버스 터미널

방범 CCTV 위에

둥지를 틀었다

인간 친화적인

제비 가족

변태

초등학교 6년

중학교 3년

고등학교 3년…

내 꿈의 날개는 언제쯤

세상을 향해 날아갈까

친구야!

난,

네가

마음에 들어

넌, 어때?

휴가

평소 열심히 일한 아저씨
휴가 떠났다

산과 들에서 열심히 일한
트럭과 포클레인도
늘어지게 휴가를 즐긴다

마이산

두 귀

쫑긋 세우고

사람들의 간절한 소원에

귀를

기울입니다

주차 전쟁

동네 골목은 내가 뛰어놀기 좋았다

언제부턴가 그 길을

차들이 점령했다 집집마다

담벼락 아래 빨간 고깔 세우고

24시간 주차 전쟁이다

수다꽃 피었다

웅크렸던 그림자

발 끝에 매달고

사부작사부작

걸어가는

오후의 햇살

꽃춤

다시 오지 않을

이 순간을 위하여

온 숨 다해

펼치는

너와 나의 춤사위

숨구멍

살다 보면

가끔

필요한 구멍들이 있지

그 중에 가장 중요한 건

숨구멍

웃는 밥

공부하느라 힘들지?

먹고 힘내!

지친 나를 위해

따뜻한 마음을 비빈

엄마표 웃는 밥

아침이다

골인! 골인!
어제의 환호성 짜릿해

아이들 기다리며
슬슬 기지개 켜는
축구공

꽃잎 손

비바람에

가녀린 줄기 꺾일까 봐

참나리 꽃잎 손 내밀자

든든한 쇠기둥

말없이 허리를 내어 줍니다

엄마는 고민 중

조그마해도

참 싱싱한 고녀석들

고사리 넣고 지질까

튀길까 찜 할까

살까 말까

바람 바람 바람

추수 며칠 앞두고

바람 바람 바람이 분다

벼가 눕는다

그대로 쓰러지지 않기를

바람 바람 바람

날아라 날아라

가볍게 가볍게

바람을 타고 살랑살랑

꼬리 흔들며

꿈을 싣고 날아라 날아라

더 높이 더 멀리

종족보존 우선의 법칙

쭈글쭈글 말라 비틀어지도록

가진 것 다 내어 주고

제 몸에 싹을 틔운다

어떤 싹도

함부로 자르면 안 된다